神さまのいない場所で

In a place without God

伊東友香

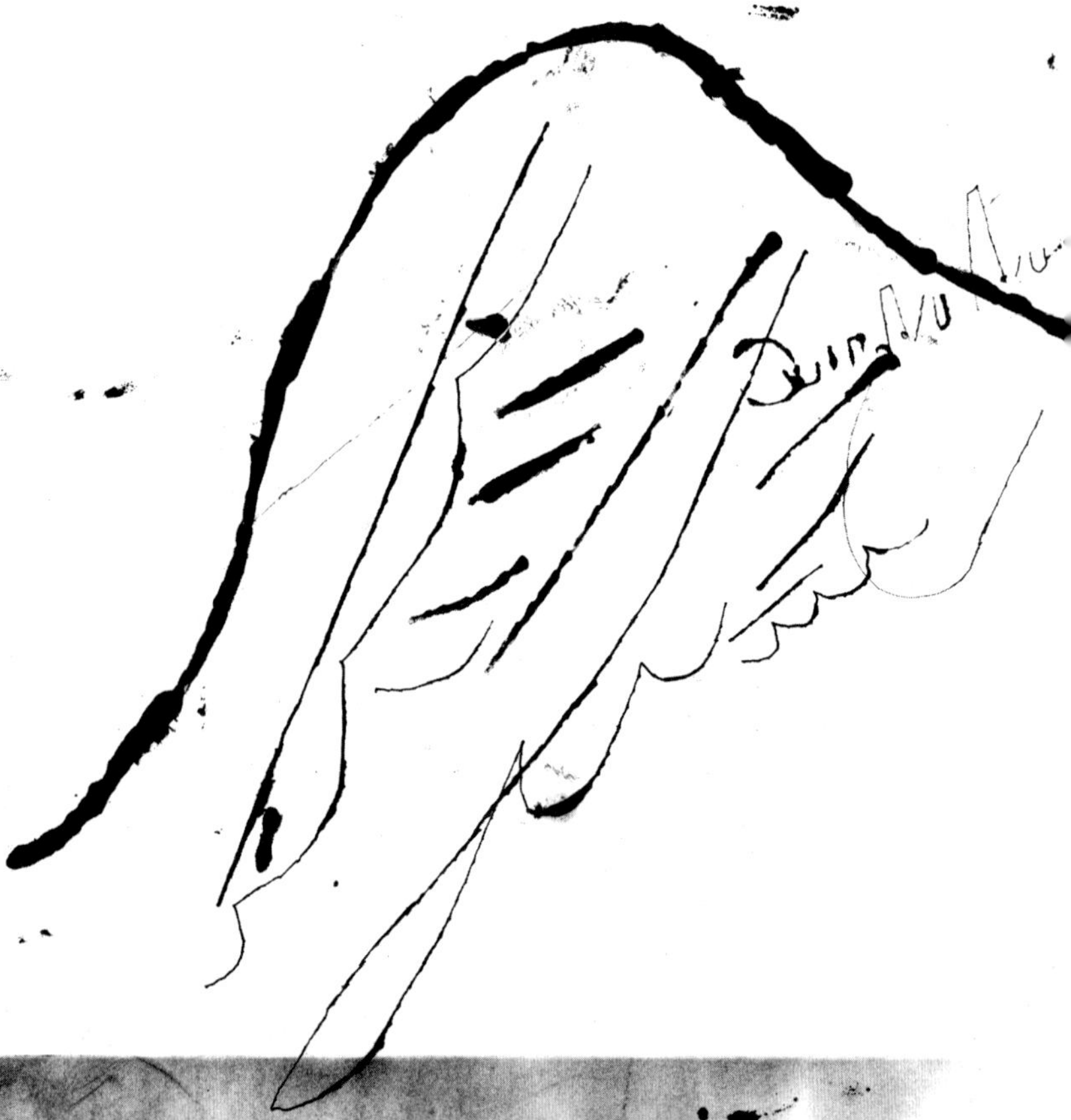

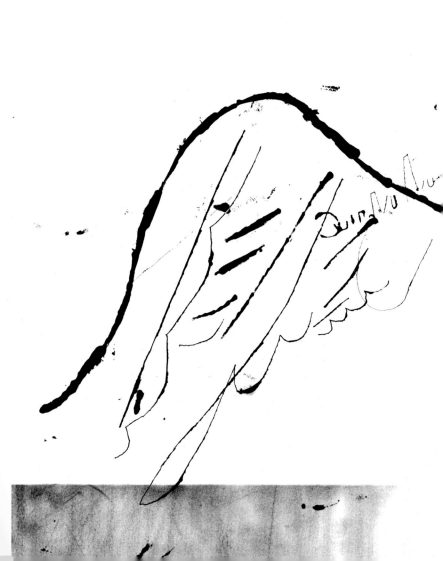

もくじ

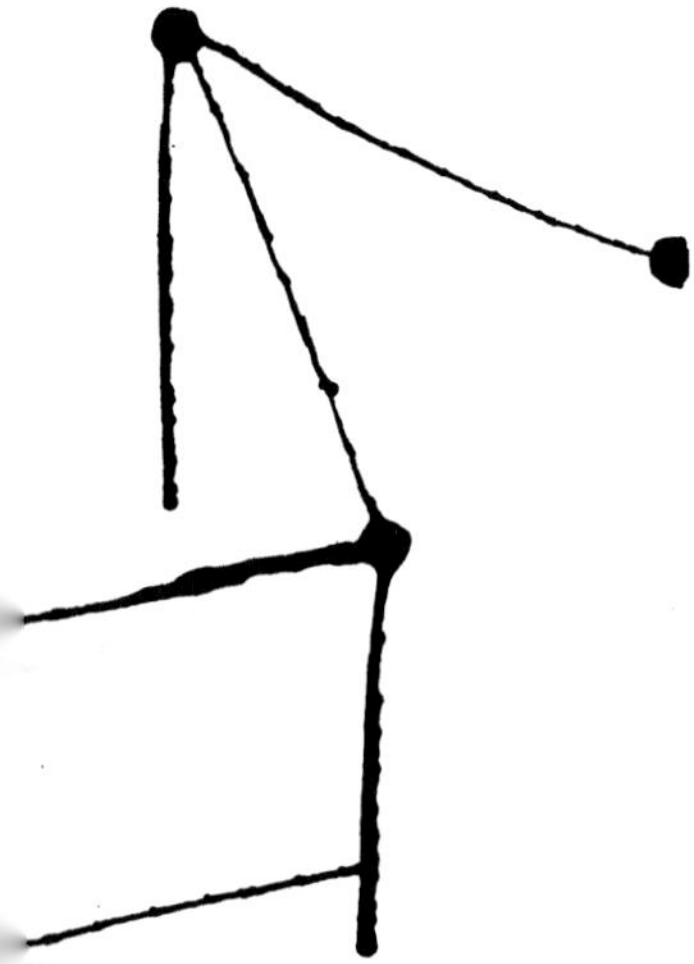

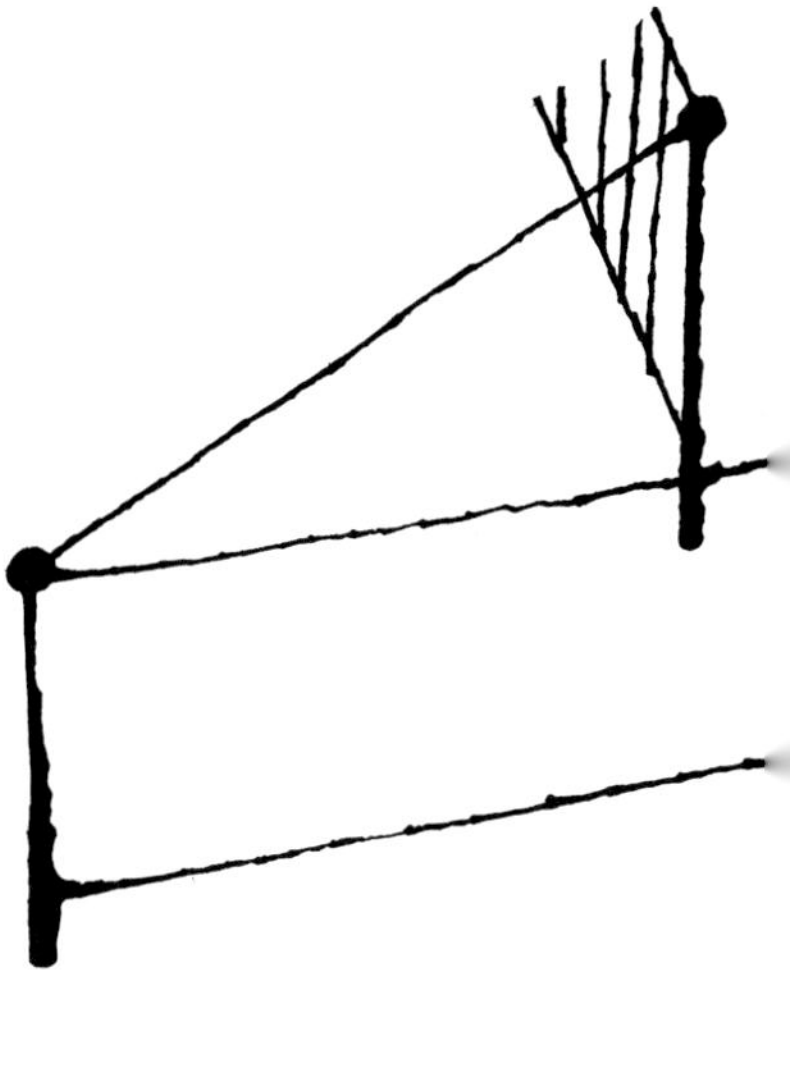

元気にしてた？

心静かに
あなたを思う
とぼとぼと
枯れ葉を踏みしめながら

心秘かに
あなたを偲ぶ

さらさらと
涙を放り出して

秋の空
遠くどこまでも澄んで
うすい光が足元に降りてきた

こんにちは
元気にしてた?

天国へのおみやげ

もし天国があるとして
あの人へのおみやげはなにがいいだろう

この世になにも残せなくても
楽しく生きたと言えば
安心するだろうか

大好きだよ

言えなかった言葉が
空を飛ぶ
海を泳ぐ
宙を舞う
時代を超える

大好きだよ

手を伸ばして
抱きしめられる君に
言える
幸せ

この世になにも残せなくても
愛し抜いたと言えば
誇りに思うだろうか

この世になにも残せないまま
ひとりで生きたと言えば
可哀そうにと泣くだろうか
そんなもんだと
笑うだろうか

束の間、一緒に生きた
あの人との永遠を鼻歌に
手ぶらで行けばいいか

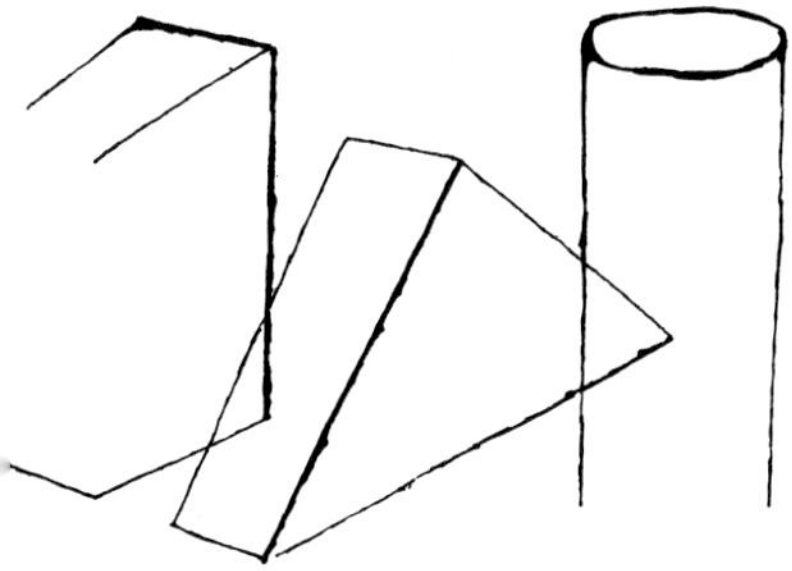

化石

世界中が不安の中にいるときに
私は澄んだ空と野原のたんぽぽを眺めてた

人類がもし終わるとしても
仕方がない気がしてしまう

絶滅した恐竜のように
卵を抱いて
君という化石を残す

クラゲのように

子供のころの違和感は
大人になっても解消されない
老人になっても
死ぬ間際も
そうなのだろうかとこわくなる

吸収しながら
生きようか
内包しながら
泳ごうか

骨のないクラゲのように
ふわふわと
抱きしめるイメージで
心もとないこころを
あたためるイメージで

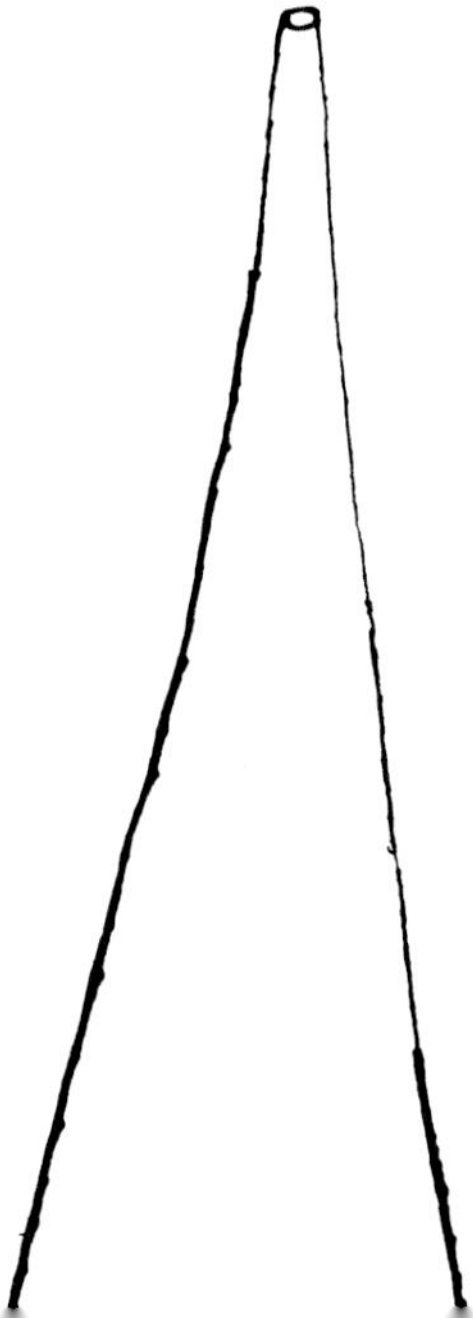

みたら

笑ってみたら
たのしくて

泣いてみたら
かなしくて

怒ってみたら
つかれて

優しくしてみたら
うれしかった

また来年

寒くなる前に飛んでいく
夏鳥もいれば
暖かくなる前に飛んでいく
冬鳥もいる

私はずっとここにいるから
また来年おいでよ

生きていたら
会おうよ

泣けないな

夕暮れ
泣きたくなって
ベランダに出たら

どこかから夕餉の
ガーリックのいい匂い

泣けないな
これじゃあ
お腹が空いてきた

幸せ

誰かのために
なにかをしたい
そう思うくらいに
私は幸せ

子供へ

できれば
綺麗なものをひとつだけ
信じる
子供になりますように
そのまま
大人になりますように

大丈夫

生きてることに
疲れても
大丈夫
みんな死ぬから

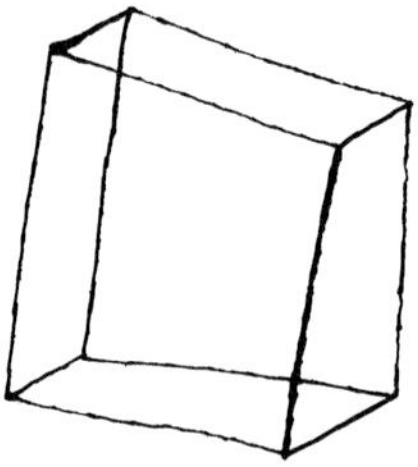

花

花を見てたら
泣きたくなった
母の好きな
花を見てたら

かたつむり

やっとここまできたか
たどってきた道を
繰り返さなくていい
それだけで
ほっとする

いま終わっても
足跡は
なくならない

かたつむりのように
濡れた模様が続いてる

次の雨までは
消えない

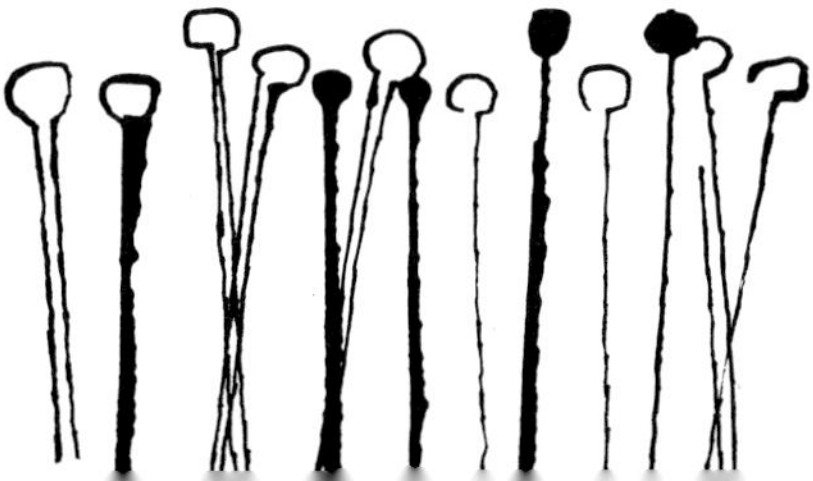

本当は

心の声に耳を澄ます
何もやりたくないと言っている
夢中になっている振りでもするか
あっという間に死ねるように

マラソン

本番前の助走期間みたいな気がしてた
セックスの前の愛撫みたいな
人生の舞台はこれからみたいな

でも、とっくの昔から本番で
もう土手の切れ端だ
風が吹く
今日は向い風

テープを切るのはひとり
でも
誰かといたい

つづき

つづきがあるのは残酷だ
希望という名の試練じゃないか

現実逃避

究極の現実逃避
それは
不倫
逃げ帰ってくる場所がなければ
意味もない

思いやり

本当のことを言わない
そんな思いやり
覚えれば
なお孤独が深まる

愛のため

子供のころ
母みたいにはなりたくない
と、言ったことがある

いつも家にいて
父の我儘を聞くばかりの母に
イライラしてた

母の歳になり
仕事と家庭
片手ずつひっかけて

ひとりになりたいと思ってる
自分にも充分イライラしてる

逃げたかったのに
逃げなかったのは
なんでだろう

逃げたいのに
逃げないのは
なんでだろう

愛のためと言うのは
簡単だけど

朝のふたり

コーヒーを飲む
スマホをいじる
コーヒーを飲む
空を見る

今日はいい天気
隣には優しいあなた

ふたりでいるのに
ひとりみたい

けして、いい意味じゃなく

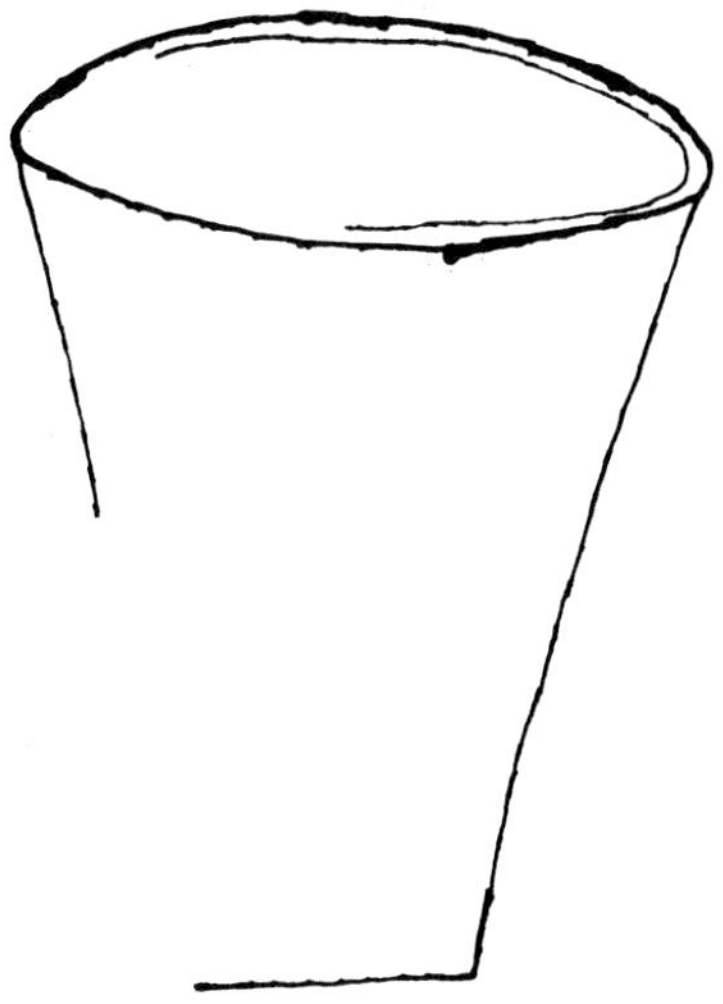

女と男

男は社会で成功するのを夢見る
女は恋愛で成功するのを夢見る

女は成功した男が好きだけれど
自分に優しくない男には目もくれない

男は綺麗な女が好きだけれど
逃げ足はいつも速い

女は男を甘やかしておいて
あとで必ず文句を言う

男は女を放っておいて
わがままばかり言う

女は愛があればいいと言うけれど
それ以外にもあれこれ欲しがる

男は君を幸せにするよと言うけれど

幸せの意味がわかっていない
女は未来ばかり欲しがる
男は自由ばかり欲しがる

女は外見ばかり気にする
男は正解ばかり気にする

女は愛されていないと不安がる
男は愛されていると油断する

男は今その話はやめてくれと言うけれど
いつだったらいいのよと女は思う

男は女がただ隣にいれば
幸せだと思ってる

女は男と向き合わないと
幸せになれないと思ってる

ホルモン

私が人生に満足してないとして
それは
私の問題

家族でも夫婦でも恋人でも
人のせいじゃもちろんないし
時々
自分のせいですらない

子宮はまわる
自転する

すべて
ホルモンのせいということ

動悸

動悸がする
あなたの足音で
嬉しくて
それとも
嫌で

ジェンダー

まずは人として
尊重しろってこと
ジェンダー問題じゃないから

不満

そんなに恵まれていて
なにが不満だ？
その決め付けが
不満なんだよ

誕生日

生きている

いろいろあったけど
平然と
もしくは
平然としたふりで

いいこと

私と同じ場所に
皺のあるあの人が
元気なうちに

いいことを
なにか一つくらい
できればいいけど

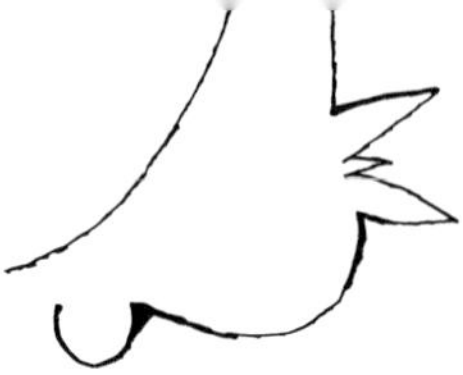

おもてうら

こっちが裏で
あっちが表
ひっくり返したら
おなじじゃないの

こっちが素で
あっちが演技
死ぬときには
おなじじゃないの

地球の上であたふたしても
君は君だから
おなじじゃないの

自己肯定感

誰に愛されたいんだろう
自分に愛されたかった

水をあげるふり

これからは
生きていても
誰かが死ぬだけだと思うと
気が滅入るな

減った分を
増やそうと
やっきになっちゃいけない

ないならないなりの
花を咲かせて
水をあげるふり

青い鳥

ベランダに出たら
青い鳥がとまってた
すぐに飛び去ったけど
鳴き声を覚えてる

ひとやすみ

いま生きてることの不思議
いつかは死ぬことの安心
あなたと会えたことの奇跡
続くかわからない恐怖
あなたと生きることの使命
失うかもしれない自由

まだ生きていたい希望
死んでしまいたい誘惑

続いていく夢
終わりゆく現実

ふきだまる運命
置いてきて

ひとやすみ

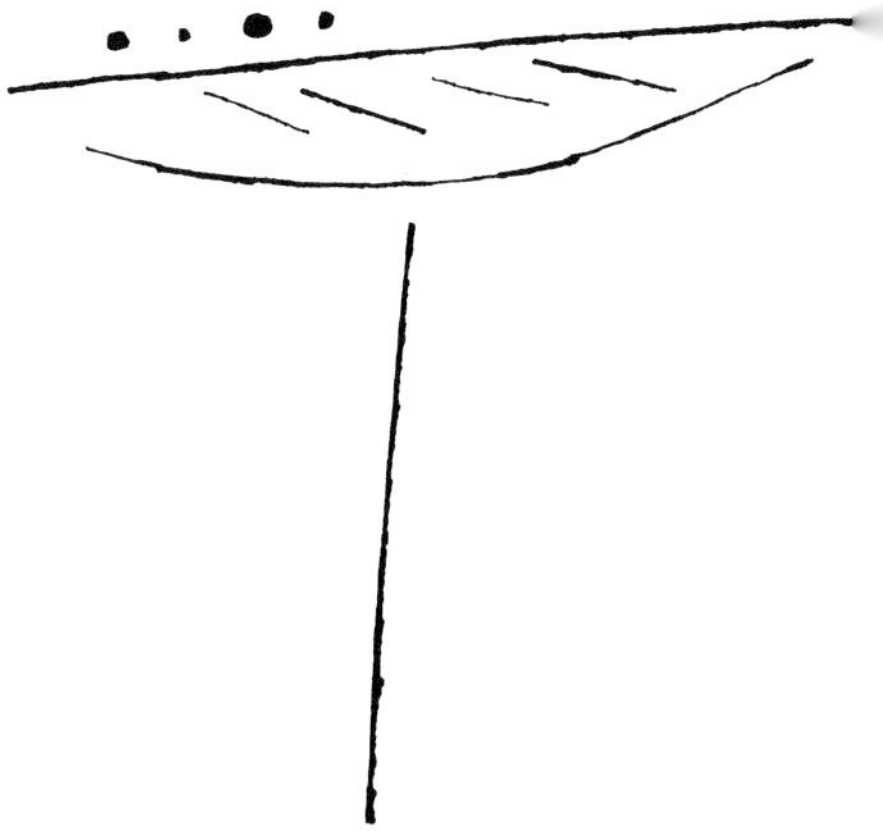

チョキン

幸せだと括ってしまえば
傲慢
不幸だと括ってしまえば
諦め

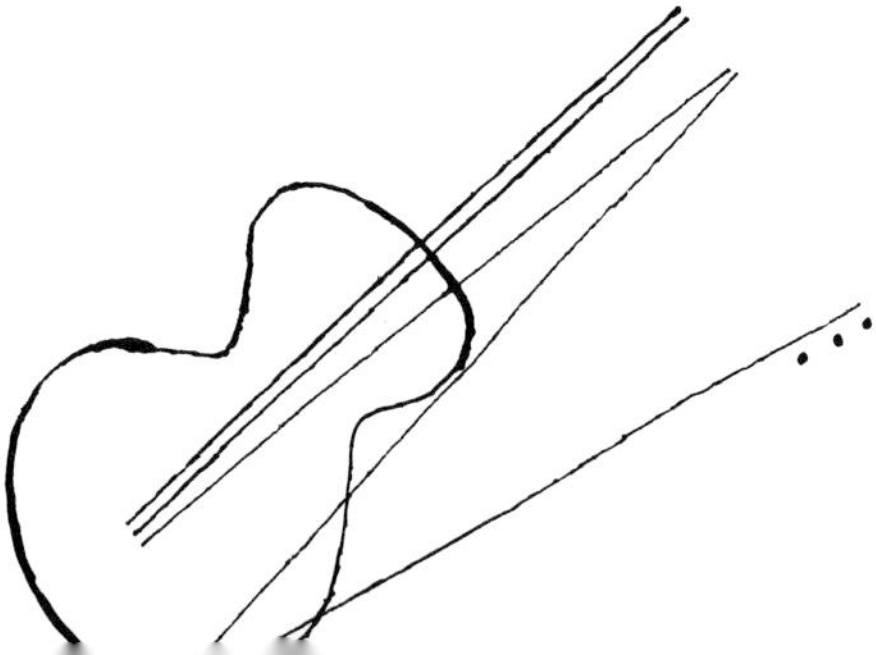

スーパーで売られるネギみたいに
束ねられるのは
ごめんだよ

古い観念なら
輪ゴムと一緒に
キッチンバサミで
チョキンだ

ばらばらになったネギ一本に
わたしの自由が隠れてる

ふたつの家族

私たちは一生のうちに
ふたつの自分の家族と出会うことが出来ます

一つ目は
生まれた時に迎え入れてくれた家族です
自分で選ぶことが出来ないので
色々と文句を言います

二つ目は
自分で育て築き上げていく家族です
自分で選んで決めたことですが
色々と後悔もあります

私たちは
最初の家族に与えられたことを
最後の家族に与えます

最初の家族に愛された以上に
最後の家族を愛したいと願います

家族の中で生まれ
家族の中で死ぬのです

子の作る三つ目の家族に
祈りを託して

幸せは宿るから

どんなに愛しても
守っても
大切にしても

人は愛する人をいつか失ってしまうから
自分を抱きしめよう
愛する人を抱きしめよう
この瞬間を抱きしめよう

そのきらめきが
いつかやってくる悲しみを
夕日をまといゆれる波のように
春風にまいおちる桜のように
包み込みすくいあげてくれるから
寄り添って一緒に生きてくれるから

信じて

優しさに満ちた瞳には
幸せが宿るから

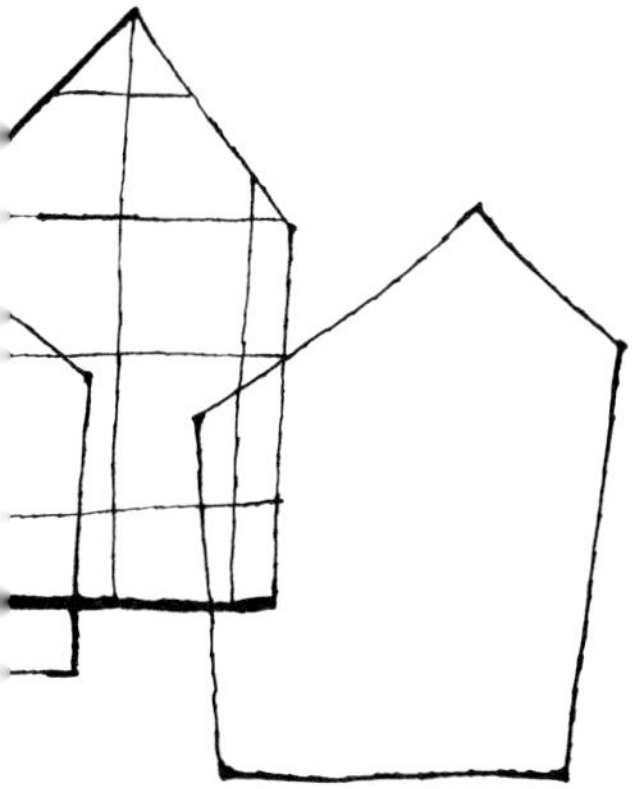

庭

綺麗なものを見たくて
アジサイを買ってきた
庭に捨て置かれた壺に入れてみたら
よく似合う

雨を受けて笑っているように見える
小さな花弁たち

昨晩読んだ絵本では「森がお家なの」と木が言っていた
アジサイを見た子供が「おんなじだ」と言う

植物みたいに生きたいなと思う
植物みたいに生きてほしいと願う

トマト

自分は自分
そんな根本が
見失われがち

ベランダで育ちはじめた
トマトの方が
よほど
凜々しい

それがなかなかに難しいと知っていて
最近、プランターがどんどん増えていく

ジャングルみたいな庭で
息子と潜んでいよう

雨があがれば公園に行きたいと
きっと言うけど

所詮

裏切られた
気がしたけれど
最初から
信じてたわけじゃなかった

人間

好きだったときも
あった気がする

空を楽しむ

空を楽しもう
と、君が言う
ベランダに枕を並べて
空を楽しむ

青がのぞくうすい雲が
形を変えてどんどん流れていく

今の君は
今だけのもの
その切なさを思ったら

抱きしめて
泣けてきた

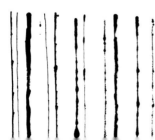

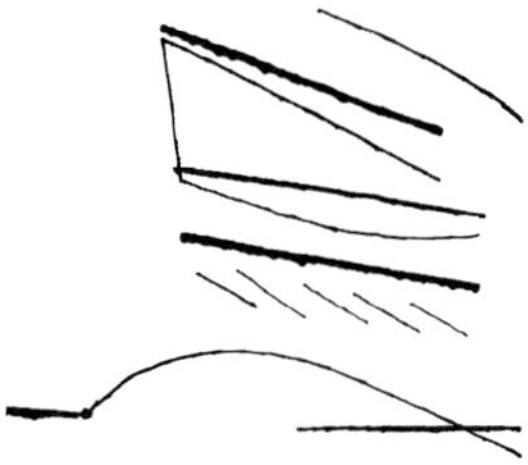

糸

糸はどこ?
と、君はいう
見えない糸だよ
と、私はいう

繫がってると伝えても
見えないとなかなか難しい

糸はどこ?
と、私も思う

季節ごとに咲く花

季節ごとに咲く花に
気づいてしまう
流れる雲に
風の匂いに
頬が緩む
うたかたの日々
世界の騒音から
遠く離れて

君を乗せて
走る

風が強い
葉が落ちる
お天気なのに雨が降り出す
次の季節が
待っているから
気楽に行こうよ

ナンセンス

誰もがしっかりしている必要はない
それを強要するなんて
ナンセンス

そもそも無理な話

短所

直さなくても
いいじゃん

長い人生
短所が君を助けることも
あるじゃん

あんばい

雑だと
ムカつくけど
丁寧すぎると
イラつく

カフェ

お昼時
カフェで仕事の話
なんか遠い
そしてどうでもいい
早く息子に会いたいな

孤独死

調子はどう？

そう毎日聞かれたいだけだったのに
誰にも気付かれずに死んでしまった

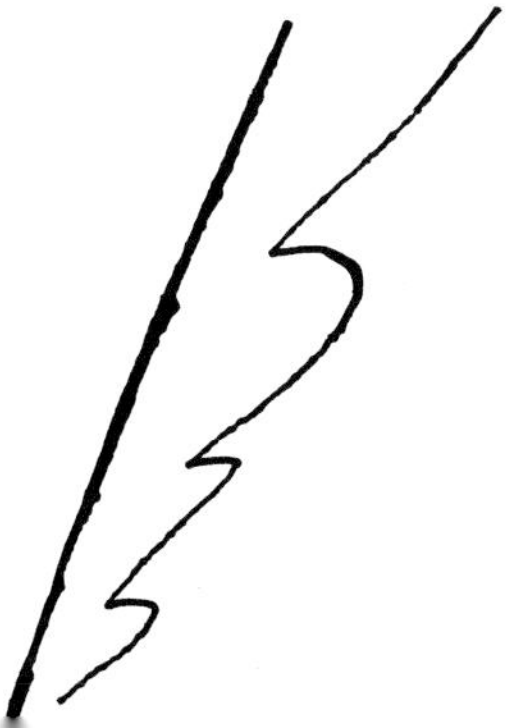

なみだ

なくしたくないものひとつ
届かないものひとつ
守ろうが　愛そうが
風に吹かれる

なくせないものひとつ
抱きしめながらひとり
祈りながら　愛しながら
風に吹かれる

シャボン玉
涙になる

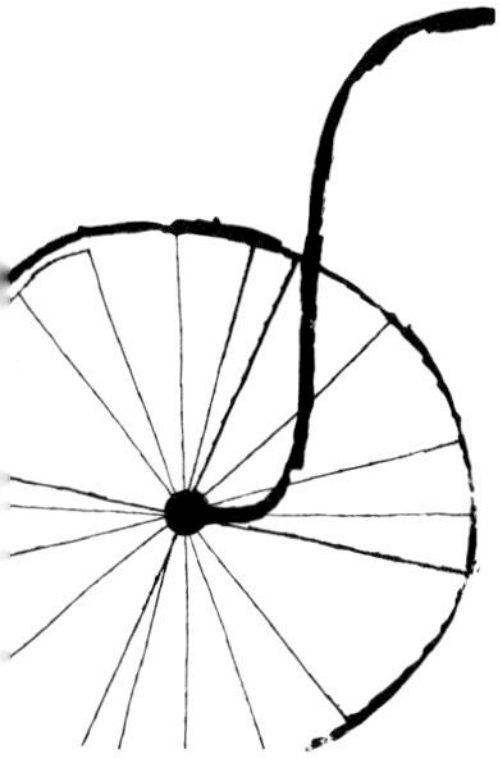

はじけたなら
僕が
拾おう

神さまのいない場所で

神さまなんかいるわけないだろ
と、よく兄は言っていた
子供も平気で殺されているんだから
善人が馬鹿をみるんだから
救われる命と救われない命は

どう選ばれるのか
幸せな心と不幸な心は
どう分かれていくのか

理由なんてないだろう

兄はひとりで死んだ
一瞬でも、神さまを感じただろうか
愛を感じただろうか

私は手を繋いでいた
ぬくもりはあっただろうか

勇気

君の死を
背負うことは
重荷じゃなくて

勇気

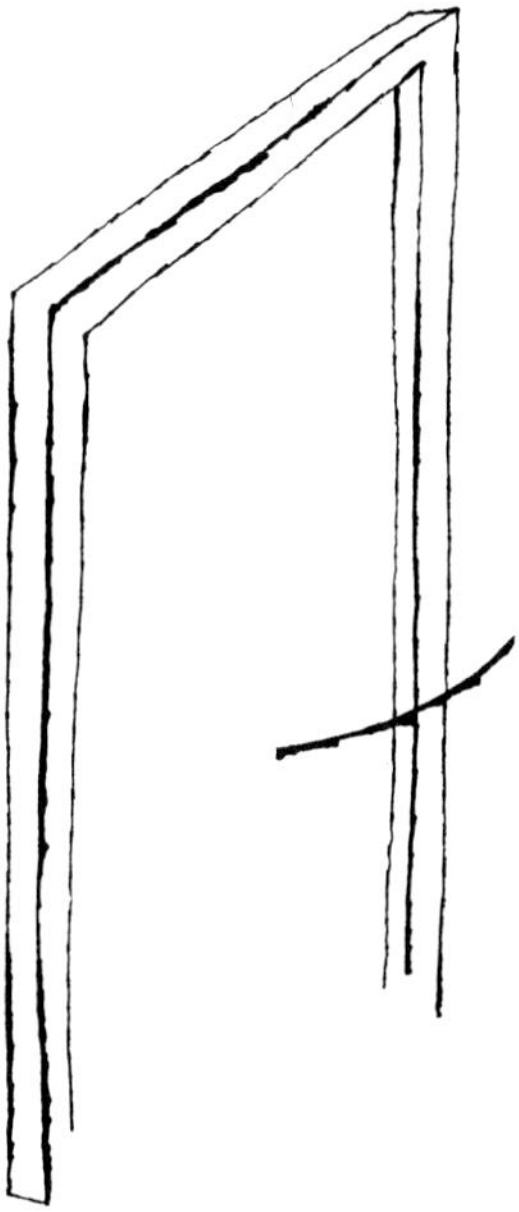

空が青くて

もしかしたら
あなたの死を肯定したくて
がむしゃらに頑張っているのかもな

頑張っていれば
ふとしたときに
空が青くて
あなたが生きてよかったと思えるから
出会えてよかったと思えるから

運命

運命は動かせない
動かせるのは
その中のわたし

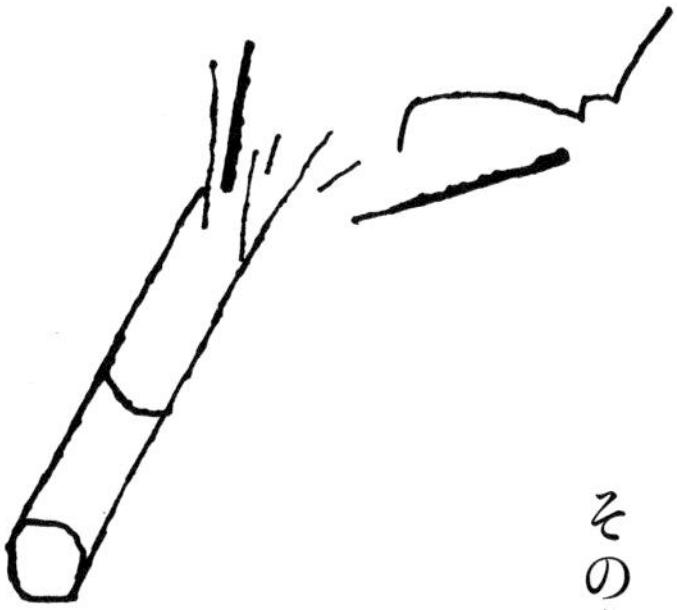

ドキュメント

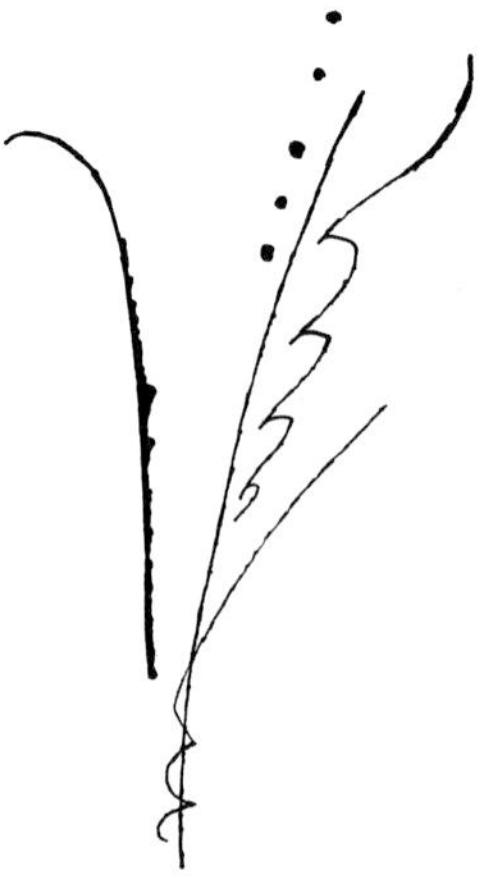

恋愛はドキュメント映画みたいだ。
プロデューサーも監督もカメラマンもすべて私。
わたしが恋人を眺め話しかけ瞳に焼き付ける。
相手もそう。
スタイリストも照明も音声も彼。
彼がわたしを可愛がり好きな角度で自由に操る。

あなたの
悲しみと喜びを見た。
弱さと強さを見た。
優しさと冷たさを見た。
不安と強がりを見た。
痛みと達成を見た。
自信と傲慢を見た。

嫉妬とプライドを見た。
本能と理性を見た。
誠実と狡さを見た。
志と思いやりを見た。

わたしは
明るさと暗さを見せた。
ぬくもりと残酷を見せた。
貞淑と醜態を見せた。
切実と気まぐれを見せた。
我儘と献身を見せた。

図太さと儚さを見せた。
博愛と自己愛を見せた。
幼稚と老成を見せた。
諦めと希望を見せた。
矛盾と愛を見せた。

私は怒ったり泣いたり
暴れたり甘えたりしながら、
彼を見守り続けた。

彼は笑ったり戸惑ったり呆れたり
愛おしんだりしながら、
私を見守り続けた。

ドキュメントのように
お互いを追いかけて
瞳というフィルムに
いろんな顔を焼きつけた。

その姿は
日々美しさを増し
輝いていった。

手を伸ばせば届く被写体を
時々眩しそうに眺めながら愛した。
愛することは見つめることで
見つめることは追いかけることだった。

追いかけることは許すことで
許すことですべてを受け入れた。

ふたりなら、
弱さは強さになり、痛みは
乗り越えるべき試練になる。

達成は分かち合える喜びとなり、
ふたりのフィルムは
未来を勇気づける。
終わりのないドキュメントが
もし人生という名なら

私に映るあなたは
あなたに映るわたしは
どうか限界まで生々しく
矛盾をかかえ腐りはじめても
ぬくみをつらぬいて
エンドロールなしで終りたい。

わたしは彼を撮る。
彼はわたしを撮る。
見つめ合う。
それがすべて。

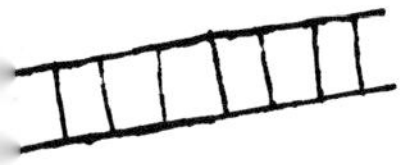

精一杯愛そう

明日があると思っていた。
でも、ない場合もある。
人はみんな死ぬからね。

今を精一杯生きましょう。
頑張って生きてるよね……
だから、大丈夫。

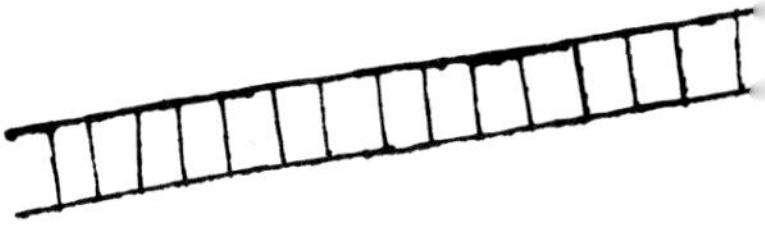

愛してる人に愛してると言ってあげて、
ありがとう！　ごめんなさい！　を言ってあげて、
そして抱きしめたいだけ抱きしめてあげればいいよ。
嫌がられてもしつこいくらい抱けばいいよ。
どんなに言葉を尽くしても足りないけれど、
ストーカーのようにメールし合えばいいよ。
いつも腕の中でおはようとおやすみを言えばいいよ。
手を繋いで足を繋いで
テレビを見てキスをして眠ればいいよ。

一緒にいた真実を永遠にするために、
精一杯、愛そう。愛されよう。愛し合おう。

楽園

大地はおなかを痛め
空を生みました
空と大地は手を繋ぎ
海を生みました

海は愛を注ぎ
生命を育てました

そこは楽園
花が虫が鳥が動物が
戯れながら　殺し合いながら
仲良く暮らしていました

時は流れ……

母はおなかを痛め
男を産みました
男と女は手を繋ぎ
子を産みました

子は愛を裏切り
生命を増やしました

愛はおなかを痛め
悲しみを生みました
悲しみは愛と手を繋ぎ
狂気を生みました
狂気は人の心に
闇を育てました

ここは楽園

女が男が子供が老人が
戯れながら　殺し合いながら
仲良く暮らしています

お金が野望が宗教が偽善が
戯れながら　殺し合いながら
仲良く暮らしています

祈りが諦めが絶望が希望が
戯れながら　殺し合いながら
仲良く暮らしています

仲良く暮らしています……

祈り

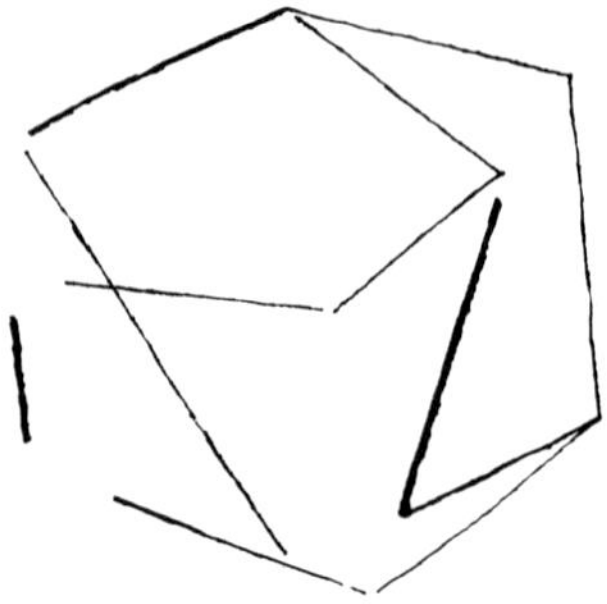

祈ることしかできないなら
祈ろう

心寄り添うことが
力になると
信じて生き抜こう

優しさだけが頼りの
こんな時代に生まれた
あなたとわたしだから

あとがき

そこかしこに、言葉は溢れているけれど、しっくりとは噛み合わない。
言葉にならない想いを言葉にする、
それが詩なのかもしれない。
心のまんまを書けたら、救われる気がする。

「神さまなんかいるわけないだろ」兄は酔うとよくそう言っていた。
死にたいと思うのも、生きたいと思うのも難しい人がいる。
兄が死んでからも、神さまが現れることはなかった。

年齢的なものなのか、なんだか最近やる気が出ない。
自分の立ち位置や周りからの評価が下降線を辿る一方な気がする。

けれど、本当はそんなことはどうでもいい。
神様がいなくてもいいのと同じくらいに。

どうでもいいことばかりの日常の中で、
少しだけどうでもよくないことを詩にした。

石を拾ってきて、息子は笑う。
葉っぱが飛んできて、私も笑う。

つまらないと飽きてしまうから、あなたとわたしが、
愉快な心持ちで過ごして行けますように。

伊東　友香

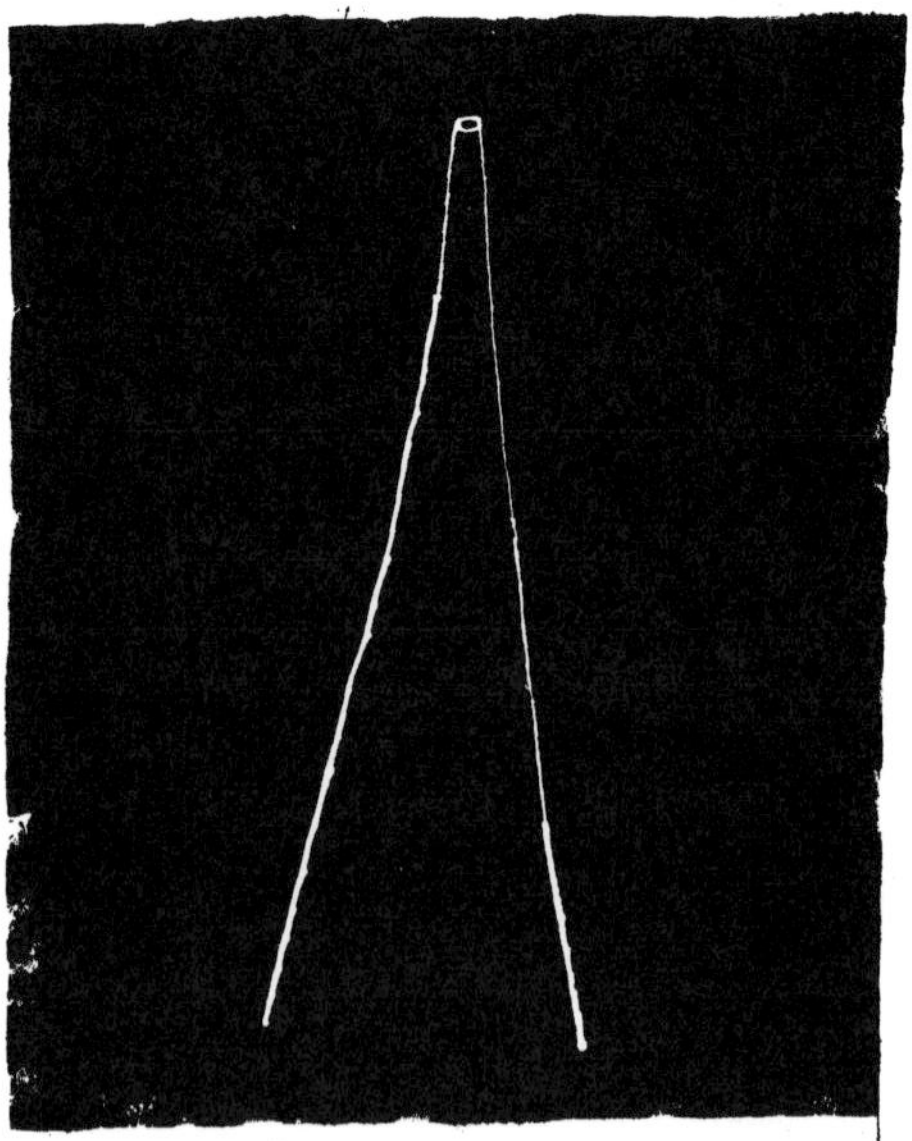

伊東友香（いとう ゆか）

学生時代から詩・エッセイ・童話を書きはじめる。ホストを務めるテレビ・ラジオ番組への出演、音楽アーティストへの詞・詩の提供、生演奏とのコラボレーションで聴き手の想像力を掻き立てるポエトリー・リーディングのライブ 、そしてもちろん、執筆してきた数々の「ことば」。ジャンルやフィールドはさまざまだが、そのどれもが伊東友香の顔であり作品である。
［主な著書］
絵本　おなかがすいた（創藝社）
　　　クロネコちゃん（学びリンク）
詩集　寂しがりやのひとり好き（アクセスパブリッシング）
　　　クロネコを撃ち殺したくなったら（学びリンク）
伊東友香オフィシャルサイト　https:// yukaitoh.net/

イラスト　柳 智之
装　　丁　川村哲司（atmosphere ltd.）
編集協力　清村侑未　関めぐみ

神《かみ》さまのいない場所《ばしょ》で

2023年6月10日　初版発行

著　者　伊東友香
発行者　安部順一
発行所　中央公論新社
〒100-8152　東京都千代田区大手町1-7-1
電話　販売 03-5299-1730　編集 03-5299-1740
URL　https://www.chuko.co.jp/
印　刷　図書印刷
製　本　大口製本印刷

Published by CHUOKORON-SHINSHA, INC.
Printed in Japan　ISBN978-4-12-005660-4 C0092
定価はカバーに表示してあります。
落丁本・乱丁本はお手数ですが小社販売部宛にお送りください。
送料小社負担にてお取り替えいたします。